詩集

オマエが人間のつもりなら私は獣でいい

関口　彰

Sekiguchi Sho

風詠社

郵 便 は が き

料金受取人払郵便

大阪北局
承　　認

1635

差出有効期間
2025 年 1 月
31日まで
（切手不要）

5 5 3-8 7 9 0

018

大阪市福島区海老江5−2−2−710

㈱風詠社

愛読者カード係 行

ふりがな お名前				大正　昭和 平成　令和　　年生　　歳
ふりがな ご住所	□□□-□□□□			性別 男・女
お電話 番　号		ご職業		
E-mail				
書　名				
お買上 書　店	都道 府県　　市区 郡	書店名	書店	
		ご購入日	年　月　日	

本書をお買い求めになった動機は？
1. 書店店頭で見て　2. インターネット書店で見て
3. 知人にすすめられて　4. ホームページを見て
5. 広告、記事（新聞、雑誌、ポスター等）を見て（新聞、雑誌名　　　　）

風詠社の本をお買い求めいただき誠にありがとうございます。
この愛読者カードは小社出版の企画等に役立たせていただきます。

本書についてのご意見、ご感想をお聞かせください。

①内容について

②カバー、タイトル、帯について

弊社、及び弊社刊行物に対するご意見、ご感想をお聞かせください。

最近読んでおもしろかった本やこれから読んでみたい本をお教えください。

ご購読雑誌（複数可）	ご購読新聞
	新聞

ご協力ありがとうございました。

※お客様の個人情報は、小社からの連絡のみに使用します。社外に提供することは一切ありません。

これは詩集と呼ぶよりも余りにも直截《ちょくせつ》な、
プーチン憤激への二十編からなる紙礫《かみつぶて》だ。
現代には国内状況から収拾がつかず内乱状態にある国は様々にある。
だが隣国がいきなり武力侵攻して領土化しようとするその暴挙は、
時代逆行そのもので、街はところかまわず砲弾で廃墟にされ、
殺人強奪からレイプ、あげくは人さらいまでのしたい放題。
それが、国連安全保障理事国の当事国である。
二十一世紀の今日、こんな馬鹿げ過ぎた大事件を
黙視したまま歴史は前に進めるだろうか。
ヒットラー以上の残虐な人生を秘め、戦争犯罪人として、
後世の歴史で裁かれるであろうプーチン。
ウクライナへの鎮魂に掌を合わせての、
これは歴史的証人となる献書である。

オマエが人間のつもりなら私は獣でいい　目次

〈装画〉香月泰男『シベリア・シリーズ』より

わが力なきをあきらめるが、
されど草の葉で織る焔《ほむら》文様

――松本清張

オマエが人間のつもりなら私は獣でいい

言葉と銃

言葉は無力だと言う
銃の前ではたしかに無力だ
ロシアのウクライナ侵攻にしても
各国首脳が躍起に諫めようとしたが
自分の言葉しか持たない男に
心の言葉は通じない
たしかに言葉そのものは単なる響きだから
石ころ一つ
動かすことは出来ないが

意味を盛った器である
心が通じ合うことで力は生まれる
愛を囁き合い
人間らしく生きることも
言葉に包まれてのこと
世界は異なる言葉でも連携し
人と人が信じ合い
約束を交わすことで
平和が保たれてきた
それを証明するのも
言葉で紡がれた歴史だ

言葉は本当に無力だろうか
言葉の力を軽んじ

結果のためなら嘘も方便と並べたてるが
自分の人間性が見つめられ
裁かれてしまうのも言葉だ
まして言葉を銃に換え
言葉の無力をあざ笑っていたとしたら
言葉を大事に信じる人は
銃には立ち向かえないまでも
互いの心の中でのつぶやきの力が
いつか感情の連帯を生み
怒りの連鎖は
人を行動に駆りたてるだろう
言葉は世界を一つにする触媒なのだ
このロシアの偏狂的民族主義者が
後に記される歴史で

言葉にどのような復讐をされるのか

敢然と立つ

立ち上がるという動作には
行動を起こすという意味と目的がひそむ
ある哲学者は
「痴呆は立っていられない」と書いた
立った行為に行動への意思がなければ
不可能な持続だ
敢然と立つ
みなぎる意志に胸のうちが充満して
思わず立ち上がる

両の拳を握りしめ
顔は中空を睨み
両足の親指と踵に力が入り大地を
いや地球を踏みしめて立っているという自覚に
全身の血が沸き立ってくる
人の一生においても
そんな自分を見出すことは二度、三度はあるまい
ゴーリキィの戯曲だったか
「どんなに弱い男でも一生に一度は
　恋した女に告白する勇気を持つものだ」
いまのウクライナに
そんな甘さなどひとかけらもない
戦場に駆り出される命の不安に怯え
家族との別れに涙し

人生とのあらゆる絆を断ち切って
敢然と立ち上がる
守るべき祖国とは
その風土が育んだ胸の血の騒擾《そうじょう》だ
迫害と悲惨にまみれた歴史が
渦巻いていればいるほど
火となって突き上げてくるのは
雄々しい父性であり
雄々しい母性なのだ

この命だれのものか

冬の眠りにある山林
鳥のさえずりが歌うように聞こえ
向かいの谷間では農夫が
犬に羊を追わせている
たれこめた雲の切れ間からは陽が差しはじめ
辺りをやさしく吹きすぎる風は
のどかに静けさを囁いてゆく
戦争とは
そんな自然のたたずまいの

あたりまえの平和を
一瞬に打ち砕いて
砲弾が炸裂しはじめ
猛烈な土煙と地響き
火が吹き出して木が燃えだす
このまさかの異変に
悲鳴どころか
鳥はかき消え
居どころを失うさまざまな虫たち
穴ぐらの獣たちは目を見開き耳をそばだて
あらゆる生きものは驚愕と不安に
右往う左往うしている
そんな生きものたちに
心をこらしたことがあるだろうか

生きものたちの地獄の窓の開け閉めは
いつでも人間たちだ
たった一度この世に生まれて
つつましく生きるものたちの
この命だれものか

ロシア人

この民族が何よりも誇りとする
東西十一時間の時差と二百を超える民族
日本の国土のほぼ六十倍
厖大なシベリアの極寒
最果ての密林地帯は原始の未踏
大陸性気候で鍛えられた
この人種の原初の情熱は
大自然との苦闘の生活であり
歴史となれば韃靼《タタール》人による二百六十年の屈辱と忍耐

それでもこの民族性は
踊り狂うずぶとい楽天性で
悲痛な体験を丸呑みに
自然と迫害との共生の歴史を刻んだ
頑健な骨肉に育み鍛えられた
陰と陽の深い感情の襞
不気味で陰鬱それでいて野放図
極限的思想の強靱な個性と言えば
文豪ドストエフスキー
少女強姦事件や賭博狂があり
『悪霊』のスタヴローギンのあの異様さ
本源的原始性に根ざす精神は
西欧文化に憧れもするが
嫌悪も反逆も同居する

西欧風ヒューマニズムは
貸衣装のように見えてしまうし
気質を裸にする信仰宗教では
虐げられてきた民族性ゆえに
磔刑のキリストを無惨な人間の死ととらえ
人間キリストへの熱狂となり
ロシアのキリストこそ
真のメシア主義ですべての神々を束ねると
たとえ神聖冒涜に至ったとしても
西欧カトリシズムとは一線を画し
その矛盾、不調和の寛容は気にはならない
くもり無きはずの神の眼は
正教会の民族エゴイズムで目隠しされ
彼らの心象には

どんより靄《もや》がかかっている

チュウリップを植えて

簡易ベッドに寝かされ
被弾した老人は瀕死の状態にありながら
体の奥から声を振り絞るようにして
「俺が何をしたというんだ。こんな体にしゃあがって」
老人の怒りのまなこから涙が流れ落ちた

テレビの画像に農婦の顔が大写しでながれる
「主人は縛られ地下室で殺されました。
体には拷問の痕があり、顔は殴られて陥没してました」

瓦礫と化した家の前で
土が盛られ十字架が立っている
農婦はそこへしゃがみ込み
泣き出しながら盛られた土を撫でている

道路際の破壊された家の前で
若い娘がチュウリップを植えている
異様な光景でしかない
マイクが向けられると小声で
「両親が殺されました。何もすることがないので……」
娘は言い換えて
「何をしていいかわからないから……」
道ばたに座り込んでいた男がインタビューに応えていた

「家や車などめちゃくちゃにされたが大した問題じゃあない。
生きていられるんだから」
男はうなだれるようにして一点を見つめた

幸福の身ぐるみ

キャンプ場から行方不明となった
日本の七歳の女児
この母子の悲劇はマスコミが数年間騒ぎ続け
疑惑にみちた骨の発見まで
一つの命が国中の話題となった
いまウクライナではロシア軍に百二十万人が連行され
そのうちの二十四万人が子供とされ
二千人以上が孤児となり
子供の死者は何千にもなるという

途方もない数の母親たちの
血涙《けつるい》にまみれた塗炭の苦しみ
地獄への階段はそれに止まらず
戦場で夫を失い
年老いた父母を抱え
砲撃で瓦解した家から追い出され
そしてウクライナからも
幸福の身ぐるみは何もかも引っ剥がされた
悲嘆にうずくまるどころか
裸の身一つとなり
この命だけの自分を
おろおろと抱えて生きるしかない
これが戦争だと言うのなら
いや、戦争とも呼ばせず

いつもの闇から闇へ権利義務を葬った
世界の眼が見つめるなかで
大統領を隠れ蓑に
朕プーという名で
人間の振りをいつまでしつづけるのか

私ひとりの挑戦

歴史から人間は何を学んだのか
二十一世紀の現実として
マンガ映画やゲーム機の遊びのような
止むこともなく撃ち込まれるミサイル弾
壊滅する黒煙の街並み
足場のない瓦礫の中を
泣き叫び逃げまどう人々
五、六百万もの人民は国を追われ
兵士となった夫とも別れ

ウクライナ一国の過去と未来は
ずたずたに引き裂かれた

ゆるがぬ権勢に胡座《あぐら》をかき
独りよがりの陳腐な歴史観で
結果のためには手段を選ばぬ
スパイ上がりの冷酷無比な人間性
時代がつくりあげたカリスマのヒットラーより
ひとり戦争犯罪人として
歴史上いずれ裁かれる朕プー
その兵士たちも狂気の暴走を繰り広げ
市民への無差別の拷問から略奪
集団でのレイプ、あげくはジェノサイド
地獄のような光景が

連日テレビ画面に映し出される
私は悲憤の涙で見つづけるうちに
これは遠い他国の
関わりようのない馬鹿げた戦争として
意識の底で突き放す
冷静な大人にはなれなかった
〈私なりに何か出来ないか〉
本気で考えるようになり、そして
「オマエが人間のつもりなら私は獣でいい」
ロシア正教会の全能者イイスス・ハリストスに
恐れ多くもなりかわり
私は詩を綴り始めた
朕プーへの弾劾のフレーズは

五十行の紙飛礫《つぶて》となった

オマエが人間のつもりなら私は獣でいい

イイスス・ハリストス

ウクライナが何をしたというのだ
ロシアのふるさと同胞《はらから》が住むウクライナが
何をしたというのだ
ウラジーミルよ
時代を読み違え
ロシア大帝国への野望に目が眩み
その眼も耳もふさいで
人間の心を失ったオマエには
泣き叫ぶ子供や

病み衰え傷ついた老人たち
夫を殺された妻たちの怒号など
虫けらの足掻きでしかあるまい
その冷酷無比な人間性には
どんな下劣な手段であろうと
結果こそがすべてだとする
スパイあがりで身についた
血あかで染めた半生を持つからだ
そしていつもオマエは
〈時がすべてを消し去り、勝者に頭を下げる〉
と高をくくって生きて来た
昔の仲間を取り巻きにして
憲法まで変え権力は欲しいまま
莫大な富を収奪した新興財閥たちには

大宮殿を築かせるどころか
気の遠くなるほど貢がせ蓄財した

ウクライナが何をしたというのだ
オマエのロシアに爆弾の一つでも落としたか
何をしたというのだ
ウラジーミルよ
オマエ一人で起こしたこの戦争
これが行き着くところのおまえの人生か
自分の能力こそロシアの力だと自惚れ
何よりの自慢は世界一の核保有
このとんでもない自信過剰が
自身の栄光ばかりを考えるようになり
魔が差したのだ

謀略こそはお手のものだし得意の二枚舌で
「この戦争はネオナチ退治の侵攻である」
オマエこそがヒットラーそのもので
怖気《おぞけ》をふるい誰もが諌めようともしない
いや気狂いに刃物の大テロ行為に
世界中が震撼とした
ウラジーミルよ、ウラジーミル
オマエは永遠に許されまい
墓場に眠る大ロシアの祖先たちまで
この狂気の沙汰を怒りと涙で見つめている
オマエが人間のつもりなら私は獣でいい
オマエが挑んだ歴史という河が
善の力で浄化されなかったことなど一度もないのだ

〈三月一九日〉

詩人の魂

ウクライナの農奴の身で
帝政ロシアに立ち向かった国民詩人
シェフチェンコ像に
弾丸が三発も四発も当たっていた
顔はえぐられ激しくゆがんで
ウクライナの独立を願う眼差しは
怒りにも悲しみにも見えた

ウクライナは哀しい

平坦な丘陵地と
肥沃な黒土地帯に恵まれ
歴史はさまざまな国に占領されつづけた
ウクライナの農夫たちはそれでも
愛国への絆で
国土をユーラシア一の穀倉地帯にして
独立を夢見ていた
帝政ロシアの時代となり
シェフチェンコが誕生する
農奴の家に生まれながら
自由への渇望と熱情にあふれ
絵筆をとり詩文を綴った
その才能に自己存立をかけたのだ
それが認められる時が来て

農奴から解放されると
民衆の貧しく過酷な現実に
芸術家の柔弱な血とは無縁の
闘う詩人となった
しかしロシア皇帝への反抗は
十年の中央アジアへの流刑となり
四十七年の生涯を終えた
遺言の詩には

　私を埋めたら
　鎖を切って立ち上がれ
　暴虐な敵の血潮とひきかえに
　ウクライナの自由を
　勝ちとってくれ　＊

今その悲願の達成は
三十一年の歳月を迎えていたが
歴史を逆行する蒙昧非道な蛮行
またもロシアの暴虐にさらされている
ドニエプル河を見渡しながら
眠るシェフチェンコよ
このウクライナの生きる道は

※シェフチェンコ詩集『コブザール』藤井悦子編訳　群像社

我が青春のロシア

ラジオから流れるニュースで
スターリンの名を聞かない日はなかった
父親から教えられた終戦三日前の宣戦布告
偉そうなカイゼル髭の顔を新聞の一面で見るたびに
憎しみしか感じられなかった少年時代
そんなロシアに興味が湧いてきたのは
ツルゲーネフにはじまりトルストイ
憑かれたように読んだドストエフスキーのロシア文学
チャイコフスキーの『悲愴』に魅せられ

感傷的なラフマニノフ
新宿の歌声喫茶ではロシア民謡に声を張り上げ
遙かな青春の望郷となっていた

いつしか雨の降るようなニュース映画で
シベリア抑留者の舞鶴へ降り立つ姿を見ていた
驚嘆したのは大学も終わりに読んだ日本兵の手記
マイナス四十度にもなる極寒のシベリア
毎日の食事が百グラムのパンと
キャベツ数切れの粗末なスープ
月一回の入浴は直径二十センチの缶のお湯一杯
飢えと寒さと重労働で戦友は次々と倒れた
抑留者であった詩人の石原吉郎も
「自然な死ほど恐ろしいものはない。不自然な死ほど自然なのだ」

「屍臭と体臭の同在」と『望郷と海』に記した
青春の我がロシアは
色褪せ忘れかけていた

またいつしか
ゴルバチョフがベルリンの壁を取り除くと
世界の心の距離が縮んだように思え
北方領土への期待も湧いて
エルミタージュ美術館に興奮した小林秀雄
おとぎの国を想わせるビザンチン様式
旅への願望も湧いたやさき
飲んだくれの大統領エリツィンの登場で
やはりロシアはロシア
煮ても焼いても食えない国

落花狼藉ロシアは霞んだ

そしていつしか
目つきの鋭い貧相な小男が頂点に立った
小利口で狡知にたけていて
産業育てず資源に目を付け
貧しいロシアを立ち上げると
虎視眈々と見つめる地球儀
北方領土をちらつかせては
営利目的の二枚舌外交
ウクライナも狙われて
今は地獄のようなあり様だ
我が青春のロシアは死んだ
いや殺した

あの人

名優の知られた台詞《せりふ》に
「一人を殺せば殺人者だが、百万人を殺せば英雄だ。
　殺人は数によって神聖化される」
あの人は今や英雄どころか神の位置に立つ
ところがあの人の幼児期の数奇さ
スラムと見まがうほどの共同住宅に育ち
私生児とも言われ、貧しく意地悪で凶暴だった
後年アメリカの映画監督のインタビューで
自分の両親がいつ亡くなったか

どちらが先だったかさえ憶えていない
少年時代は柔道とサンボに打ち込み
道場の先生に可愛がられたが
先生の裏の顔は組織犯罪のロシア・マヒア
先生のコネでスポーツ奨学生となり国立大学へ
卒業するとＫＧＢのスパイを志した
訓練は過酷で洗脳と絶対の価値観
人間性のかけらもない闇の殺戮と心理操作を学んだ
能力、体力にしても目立たぬ存在だったが
取り入るための従順さ甲斐甲斐しさが取り柄で
政治家への道が開けたのは
偶然にも大学での実力派教授が
サンクトペテルブルグ市長になると
鞄持ちのような副市長の一人となった

本領が発揮され出したのはここからだ
スパイ出身でマヒアや秘密警察にも顔が利き
市長の厄介な裏仕事の対処には重宝がられた
いつのまにかクレムリンの管財務のポストへ
のんだくれの大統領エリツィンに接近した
マスコミが大統領の多額の汚職で騒ぎ出すと
検事総長の鋭い追及にエリツィンは窮地へ
あの人の出番となり
検事総長をでっちあげのスキャンダルで黙らせ
支持率二パーセントの首相となった
分に過ぎたる運命の展開
野心と欲望の権化はエリツィンのチェチェンへの失敗に挑んだ
それはチェチェンのテロと見せかけた

モスクワ高層アパートへの四度の爆破事件
死者三〇〇を超え、五度目は失敗するが
再度チェチェン紛争を勃発させた
グロズヌイへの欺し戦術と無差別攻撃
ジュネーブ条約違反など何のその
白旗上げる住民を虐殺、殲滅《せんめつ》した
エリツィンはあの人を大統領に推挙した

このクレムリンの希代のファシスト
大国を背負う立場に君臨するや
裏の組織を縦横に操っての二十七年
どれほど多くの政敵や邪魔者
恩義ある大学教授まで闇に葬ったことか
ウクライナ侵攻のこの一年でも

批判する者はオリガルヒでもすべて抹殺した
さすがに近頃ではロシア国民も気がついて
陰で囁かれるのは
あの人の青い眼の色が妙に冴えているのは
体に青い血が流れているのではないかと
もっぱら噂になっている

※参考図書
『クレムリンの殺人者』
　ジョン・スウィニー著
　土屋京子訳　朝日新聞出版
『プーチンの正体』
　黒井文太郎著　宝島社新書
『独裁者プーチン』
　名越健郎著　文春新書

この人

まさに役者なのだ
ウクライナの大統領を演じきって
本物になってしまったコメディアン
これだけでも見出し記事になるが
本物の意味が違う
国難はこの人を一回りも二回りも大きくさせた
秘めていたものが引っ張り出されたとでも
判断に迷いはなく
一歩も引かぬ肝の太さ

役者としての演出もさすがで
冬のさなかにティーシャツ一枚
アップされた蒼白のひげ面から
ドラ声でがなり立てる
駆け引きも巧みで
支援国の欧米にも卑屈にならず
計算尽くで怒り狂ったり
ときには涙を浮かべ
戦禍の国状を訴え続ける
そんな命をさらす立場で
傭兵の暗殺者たちに三度も命を狙われ
危険な身でありながら
政府の献身的な組織の絆が
この人を守り支えている

一兵卒の覚悟のつもりなのか
三、四時間の睡眠のせいでもあり
悲壮感が漂う、と言うより
死相がみなぎっている
死相は意識して出るものではない
死を覚悟した捨て身の
崖っぷちでの綱渡りを
世界の満場が見つめる日々にある
いまのウクライナの現状からすれば
この人のなりふりかまわぬ責任意識は
大統領の自意識過剰を加熱させ
いつの日か、どこの大統領も成し得ない
本物のカリスマ性を身につけ
ウクライナの命となった

明日は生きてるだろうか

この今を生きているという事実
ありふれた日常の
どこにでも転がっている
今が昨日の今であったように
明日が今の続きとして
無意識のうちに約束されている
ふと、退屈を感じ〈これが平和だ〉なんて
思うことなどよもやあるまい
人としての普段の生活

水平な時空間がいつまでも正常値としてある
〈すくなくとも今は生きている〉
〈生きてることがこれほど苦痛とは〉
〈しばらくは死なないでいられる〉
生死への絶え間ない意識
幸不幸への思いなど馬鹿げすぎて
絶望と悲嘆
憤怒と怨恨
感情の嵐にもてあそばれながら
自暴自棄の意思なき自分を
呪わずにはいられず
投げ出されたその身体を
見つめているそれが

永遠のように長すぎるほど長い
ふと、〈明日は生きてるだろうか〉

幻想の首

マリウポリの攻防は終わった
五月のくすんだ夕陽は
放棄と絶望の街並みを染めている
ロシアのふた月近くの包囲と
あらゆる火器での集中砲火に
巨大な亡骸となったアゾフスターリ製鉄所
辺りは焼けただれた残骸ばかり
くすぶる煙と硝煙の臭いが鼻を突いてくる
地下七階からなる製鉄所内は

二四三九人がロシア軍に投降して
静まりかえっているはずだが
不思議なことに夕闇の迫る頃
死んでいった兵士や民間人の霊が
地下シェルターの何れの階かは知れず
居場所もなくさまよい出ているらしい
顔面のつぶれたような胴体のない首が
今も五つ六つと現れ出て
〈俺ノ一生ハコレデオシマイカ。何モカモコレカラッテイウトキニ
コレデオシマイカ、コレデ……〉
若い兵士の一つの首からすすり泣きが始まった
ドア近くの片目だけがはっきりしている首が
〈ウラミ節はヤメナ、国ニササゲタオマエノ命ガヤスッポクナルゼ〉
血で染まった首が

〈イイジャネェーカ、ソノ若サダモノ。ナキゴトノヒトツモ言ワセテヤンナ。
ソレヨリ牧師サンヨ、〉
呼び掛けられて、隅っこで踞るようにしていた首が動いた
〈アンタ、神ニツカエル身ナノニコンナ姿にナッチマッテヨ、
神様ノオ慈悲モ何モアッタモンジャネエカ〉
〈ソレハマチガッテマス。主ハ私ニ命ノパントモイウベキ
ウクライナヲ守レトノオ告ゲデシタ。ダカラ私ハ聖書ヲ置キ
銃ヲトッタノデス〉
〈ソレデコノザマカ、救イモ何モアッタモンジャネイカ〉
〈私ノ現世利益ノタメニ神ガオラレルトハ思ッテハイマセン〉
〈ソンナモンカネェ、神サンハベツノ次元の存在ッテコトカ〉
肉が削げ落ちて半分骸骨にしか見えない首が向こうからがなり立てた
〈ダカラナンダ。天罰をイチバンクラウベキハズノ朕プーコソガ、
イマダニ大統領ヅラシテノサバッテルハズヨ。

ソレヨリモ、マッタク役ニタタネェ国連ダ。
時代がコレダケ進歩シテモ無力ナ連合組織ダカラ、
ナニカトイウト拒否権デ、紛争ガアッテモ野放シ状態ダ。
戦勝国連合ミタイナ既得権益ヲ、イマダニツヅケヤガッテ、
改革シヨウトモシネェ。イヤ、コノママジャ拒否権ガアルカラナ、
改革ナンテ永遠ニデキヤシネェ
ダカラヨ、国連改革ニ賛同スル国ガマズ脱退シテ
新シイ国連ヅクリニ賛成スル国ダケデ、ツクリナオセバイインダ
当初ハ当然二分スルダロウケド、独裁国家ノ基盤ナンテモロイモンダ。
組織固メハ民主ノ国連ノホウガ数倍ウエダカラ、
強力な国連軍ヲ組織シテ、密ナ国際法ヲツクリアゲテ
確実ニ裁ケルヨウニスレバ、イズレハ一ツニ吸収サレテユクハズサ〉
〈ヘェー、評論家サンヨ、イマノ国連ヲ解体シタラ二分ドコロカ
四分五裂シテ、世界ハ今ヨリバラバラケテ戦争バカリニナラナイカヨ〉

血で染まった首が問い掛けた
〈ナルカナラナイカ、イチドモ手術シナイデ放置ノママダカラ
ウチミタイナ国ガ犠牲ニナルンダ。
イツモ綺麗事ノ理想バカリトナエテ、対岸ノ火事ヲミテイルヨウナ
安全国ノ奴ラコソガ、コンナ世界ニシテシマッテンダ。
ダカラヨ、コレヲ機会ニ大改革ヲヤッテミロトイウンダ。
犠牲ヲ怖レテタラ何事モ先ヘハススマネェ。
ソレデナ、常任理事国ハ今ノ倍グライニシテ、大陸ゴトノ選出デ輪番制。
拒否権ナンテ当然無シダシ、決定ハ三分ノ二以上だ。
ナンダロウト民主主義トイウ大義ニハ、カナイッコナインダ。
独裁国家トイウノハ、一代一代ノ権力構造ダシ、
力尽クデ民衆ヲ黙ラセテイルンダカラ、イズレ破綻スルノハ必定ダシ、
ヤツラガ長クナイノハ歴史ガ証明ズミサ〉
〈オー、ロシア兵ガ見回リニキタゾ。今夜ハコノヘンニシヨウヤ〉

片目の声で、首の群れはいっせいに動き出した。

金蠅

貧民窟《スラム》の薄汚い共同便所
鼻を突く臭いが辺りにあふれ出て
ドアの開閉に群がる金蠅がぱっと散る
中でも変わり種の一匹が
開けたドアから勢いよく飛び立った
街のパン屋のハンバーグの肉汁の臭いを
嗅ぎつけたか店のガラス窓へはりついた
あたりをクリクリと見回している
プラタナスの舗道に止めた車の中で

パンをぱくついている小肥りの男
金蠅はその車の開いた窓から侵入した
座席に食いこぼしたハンバーグへたかる
後部座席へ座ったその男は
口の中へ押し込むようにして食べ終わると
運転手に行けと命じた
金蠅に気づくふうもなく走っている
車はしばらくして宮殿へ入って行った
車からその男が降り立つと
金蠅は男の帽子に取り付いた
街の様子とはガラリと変わった異空間
金蠅は眼をギロギロさせながら
黄金で飾られた部屋を
小肥りの男が次々と通り抜けて行くままに

二人の門番兵が立つ扉の前へ来た
帽子から金蠅は飛び立った
黄金の扉が門番兵によって開かれる
中から青い眼をグリグリさせながら
居丈高に貧相な男が出て来た
金蠅は一瞬その男に吸い寄せられるようにして
男のまばらとなった白髪頭へ
ピタッと止まった

いとけなきもの

激しい砲弾の炸裂に街は崩壊して
すべてが見捨てられ
人も犬も本能には抗《あらが》いかねず
生きた屍《しかばね》のように
場を求めてあえいでいる
占領された街には
規律を失ったロシアの若い兵士たちが
我がもの顔でのし歩いている
闘いの意義があってこそ

兵士は規律に従う
この兵士たちは騙されて戦場に駆り出された
なぜ闘うのかの応えも得られず
戦闘の虚しさ怖しさに
命をさらし続け
人間の規律さえも失われて
本能の暴徒と化した

そんな街中から
一人の少年が救い出された
土まみれの青ざめた顔
口元がわずかに震えている
少年を抱きかかえる男が堪えきれずに
〈アイツラハ獣ダ。ナンテ奴ラダ。

コノ子ノ髪ノ毛ヲ見テミロ。
マルデ白髪ノヨウニ変ワッチマッタ〉
少年の目の前で
泣き叫ぶ母親を二人のロシア兵がレイプした
あげくにわめく母親を銃で殺した
少年は口がきけなくなっていた

屍は郷愁を胸に

自動小銃をかまえ腹ばいになっている
虫の鳴きね一つ聞こえない
草や木までが見つめてくる
風に乗って硝煙の臭いが鼻を打つ
死線での運、不運
発見が二、三分遅れていたら
この歩兵部隊は砲弾で全滅していたかもしれない
めざす地点まで小一時間、縦隊で移動する
陽ざしが薄らぎはじめた

小休止にめいめい茂みの窪地へ腰を下ろすと
仰向けに寝転んでタバコを吸う者
眠りだす者
胸のポケットから写真を取り出し見つめる者
若いのがそれを引ったくるようにしてヘルメットに入れた
「彼女の写真か」
分隊長のひげ面が覗き込んできた
「耕作機に座ってるのが親父さんか、毛で顔も判らねえ犬を抱えているのがお
袋さんかな。それにしてもでかい犬だな牧羊犬ってやつか」
「昔はオオカミや泥棒を追っ払う番犬で気性が激しいが、俺には猫みたいにお
となしいんだ」
分隊長はうなずきながら写真を返すと
タバコを吸っていた男が、
「まるで女房か相棒みたいに可愛がっている犬さ、なにせここから二十キロも

離れてない所に居るんだから、会いたいわなあ」
しばらくすると
二十八人ばかりの部隊に号令がかかった
またいっせいに動き出した
陽は沈みかけて黄昏がかっている
小高い丘からは、点在する小集落が奥に見える
下りながら林の中ほどで
部隊長は分隊長を集め
敵の偵察に出た四名の斥候とドローンの報告を待って
迂回と後衛に八名ずつ、残りは正面から
三方に分かれて進むように指示した
すると機関銃の音とともに撃ち合いが始まった
迫撃砲が小止みなく飛んでくる
「待ち伏せられた、全員待避」

部隊長の喉を枯らした声が銃弾や砲弾の音でかき消される
応戦するものの、囲まれてしまっている
機関銃掃射にばたばたと倒れる
部隊はついに全滅した
明け方、一匹の犬があちこちの死体を嗅ぎ廻っていた
白毛に黒の混じった大型犬で
木の根元にうつ伏せとなった死体の側まで来ると
尻尾をいっぱいに振りながら五度も六度も吠えながら
顔から首筋を舐め始めた
犬は軍服の肩口をくわえると
引き摺りながら草地へはこぶと
ウオォーン、ウオォーン、ウオォーン
顔を上げて咆哮した

ヒマワリの大地

澄んだ陽ざしが乾いた風を呼び
いちめんすべて
太陽に顔を向けるヒマワリ
その大輪の命は
大地の血を吸って
青空に燃え
みしみしと弾けながら
笑いかけてくるようだ
生きものの讃歌を

これほどまでに素直に見せる
命の原理がここにある
自然が季節を裏切らないように
汗の結晶も実りの確かさを約束する
これがウクライナの大地に
農夫たちが繰り広げてきた原風景

土臭い汗にまみれた平和とは
糧を持ち帰る息子夫婦の疲れた顔に
暮れかけた庭から子どもたちが駆け寄り
犬のはしゃぐ鳴き声と
腰の曲がった老父が出迎え
台所からは老母の掛け声が聞こえて
ささやかだが幸せをかみしめる

夕餉があった
ところがある日砲撃がはじまり
息子は戦場へ
一家のあらゆるものすべてが
かけがえのない人生まで
容赦なくぶち壊された
この怨恨と呪詛は
子の末代まで語り継がれ
ロシア人の歴史を貶《おとし》めてゆくだろう

早暁の夢

言い争っている軍服姿の男たちの中に私がいた。

「アイツは何を言っても聞く耳は持たない」

「何かというとイヴァン四世だのピョートルだのと、自分が歴史の誰かにでもなったつもりだ」

「退役したイワショフ大将も電話で、アイツを何とかしろと言ってきたよ」

「だけどパトリシェフだけは相変わらずアイツを煽ってるし、用心させて居場所もはっきりさせない」

「この前相談した拳銃自殺に見せかけて殺すなんて、とうてい無理な話だ」

「じゃあどうやってこの戦争を止めさせるんだ、アイツと心中するってことか」

侍従が飛び込んで来た。

「朕プウ閣下から執務室へ集まれとのことです」

彼らと共に私もついて行く。

黄金の扉が開くと、馬の鳴き声がして朕プーが裸姿で一段と高い椅子に腰掛けている。

朕プーの前に居並ぶ男たち。

「こちらの内部情報がかなり流れているようだが、これはどうしたことだ。情報庁長官？」

朕プーの突き刺すような視線が続けざまに飛ぶ。

「戦線の兵士の脱走や命令に逆らう者がかなりいるというじゃないか、国防相どうなっているんだ。

それから参謀長、戦略の組み立てが甘いうえに、指揮系統がバラバラだから爆撃の成果があがらないんだ。それに保安長もだ、マスメディアをもっと締めつけろ、好き勝手なことをやらせてるじゃないか。

一体全体、おまえらがやる気がなくて胡座をかいているからこの様だ。ショイグ、おまえの血筋を考えればやる気が出ないのも判らなくはないが、立場を考えてみろ。おまえの命が掛かっていると思え」

一同黙りこくって下を向いている。

朕プーは椅子から立ち上がると、

「私は死ぬまでこの国の大統領だ。さあ、これから選挙演説に出掛けるぞ。おまえ等もついて来い」

侍従が馬を引いて来ると、朕プーは半裸のまま馬に跨がった。

軍服姿の男達も一斉に立ち上がると、しぶしぶ後に従う。

広場に出ると朕プーは群衆の歓呼に応えながら広場の中央へと進み出た。

すると子供を抱えた手術着姿のドクターが
馬に乗った朕プーめがけて走り寄って来ると、

「これを見てみろ朕プー。おまえのせいだ、おまえのせいでこの子はいま息を引き取った。こんな馬鹿げたことを起こしやがって、この子にだって五十年、六十年生きる権利があったんだ。この子の顔を見てみろ、見られるか。苦しみぬいたこの顔を」

その瞬間、バァーンと辺りをつんざきピストルが鳴った。

歓喜の日

迫害と屈従
権力と富と力による強者に
弱者は媚びへつらい
命令されれば泥の水でも飲みかねない
根っからの弱者はそうであるとしても
弱者に置かれても状況は真の強者を育てる
すべてを奪おうとする迫害こそは
ぎりぎりの命の摂理に火がつき
いちずに立ち向かう魂となる

朕プーの隷属的侵攻は
独断的人間の力の誇示が陥る罠
栄光を夢見る見切り発車は
偏執的妄想による歴史への逆走だった
権力に取り憑かれ老化した脳髄
大統領としての尊厳どころか
人間性の成熟など求めようがない
いまは大国の面子で
勝って黙らせる結果しか考えられず
予想通りに事が運ぶとしたら
世界は阿修羅の地獄絵図

所詮この世は

ままになると勘違いするのは
同じムジナの独裁者たち
ここまでやられて和平だなどと
いつも高見の離騒主義者や
無責任なヒュウモアリストに
耳を傾けるわけがない
天知る地知る頬被りするロシア人
何年たとうが見つめ続ける世界の良識
正義もへったくれも無くなれば
地球の歴史は幕を閉じる

ウクライナよウクライナ
ボロボロの街と血と涙の
魂だけを抱える国となったが

祖国を守るために立ち上がった兵士に
砲弾と飢えと寒さで歯を食いしばる弱者に
世界のあらゆる国の
真っ当な人間の心底からの祈りは
信じて疑わない
沸き上がる歓喜の日が
ウクライナに必ずやおとずれると

雉も鳴かずば

打たれまい。無用な発言から災いをまねくという譬えだが、雉が鳴くのは牝を呼ぶためだったり、自分の居場所を知らせるために、鳴かずにはいられない本能からだ。その雉の側にあって有用な発言に奮い立つ者を、数えきれぬほど謀殺してきた常習者が、まさに大国、ロシアの大統領なのである。そしてこのたびのウクライナ侵攻こそ、ウラジーミル・プーチンの冷血な人間性が如実に現れ出たように思われてならない。

独裁政権に胡座《あぐら》をかき、名だたる核保有国としての自己過信から、かつてのソビィエト連邦を夢見た偏狂的民族主義者。各国首脳がそれを諫めようと連日クレムリンに押しかけたが、一切それに耳を貸さず、ウクライナ侵攻が始まった。

それだけに世界のマスメディアが狂奔した連日の詳報は、人類の未来を急転直下悪夢と化し、時代への悲痛な喪失感を与えたのである。

私にしても、プーチンの人道を無視した結果主義に徹する残酷な戦いぶりに、人間としての存在理由、その根幹にあるものが、沸騰する怒りで惑乱するほどだった。

〈私なりに何か出来ないか〉ぼんやり考えるようになり、プーチンのこの戦争を止めさせるには、とにかくロシア国内での揺さぶりを掛けるしか方法はないと考えた。

思いついたのはプーチン弾劾に向け、「ロシア国民よ、目覚めろ。これが真実だ」と一枚のビラに大書して、裏面には私に代わるロシア正教救世主ハリストスが、プーチンを痛罵する五十行の詩を載せ、先ずはモスクワ上空からばらまくことだった。

ロシア公営放送局の女性社員が、テレビのニュース番組で戦争反対のプラカードをかざして話題になったこともあり、あのアエロフロート航空の社員であれば的確な情報を得ている反戦者はいるはずで、深夜便で撒くことも不可能ではないのではないかと。それにまた諜報活動をしている人たちの手を借りて、ロシア国民の反戦者たちに、それを撒かせる方法も選択肢としてあった。

笑止千万、荒唐無稽な三文詩人の戯言《たわごと》。即座に屑籠にうち捨てられるのは目に見えていたが、私は本気でその実行をウクライナ大統領が日本向けの演説をする日に合わせ、購読している新聞社の編集部宛に匿名で、協力要請の一文（ロシア語への翻訳と多量の印刷。それに特派員への郵送活動）を添えて投函した。

こうした行為が、口先だけのインテリの空念仏ではなく、喜寿を迎え老い先みじかい私の精一杯の人間的責務のように思えたのである。結果としては、案の定何一つ反応はなかった。

ロシアの侵攻は激化するばかりで、私のうちに渦巻く怒りのマグマも募る一方。いつしか私はこのウクライナの惨状を詩に書くようになった。三編、四編と書いてゆくうちに心掛けたのは、独りよがりの言葉感覚を避け、表現技法に理解度を優先した。もともとの詩のプリミティブな訴求力を怒りの紙礫《かみつぶて》にして、共通の理念、憤激の連鎖を生むことで、この歴史的犯罪への告発を多くの人と共有することだった。

そして出来ることならこの詩集をウクライナの人々に読ませたいと思った。瞬時でも詩篇のフレーズで心にしみるようなものがエールになってくれればと。

ところで「我が青春のロシア」を書いている時、敬愛する著名な画家、香月泰男の『シベリア・シリーズ』が思い出された。あの方もシベリア捕虜収容所へ送られ、二年間強制労働させられたわけだが、今回、その中での一作品を装画に使わせて頂けたことは望外の喜びで、ここに深甚の謝意を表したいと思います。

ウクライナの反転攻勢を祈りながら

著者

関口　彰（せきぐち　しょう）

1945年神奈川県秦野市生まれ。
早稲田大学卒業後、コピーライターを経て
私立本郷高校教諭を60歳で退職。
著作に詩集『薔薇の涅槃まで』『海への道』『風はアルハンブラに囁いた』
詩歌集『緑のひつぎ・秘めうた』『関口彰詩集』
評論『迷乱の果てに・評伝　大手拓次』
小説『やがて哀しき生きものたち』『業苦の恋』

詩集 オマエが人間のつもりなら私は獣でいい

2024年3月25日　第1刷発行

著　者　　関口　彰

発行人　　大杉　剛
発行所　　株式会社 風詠社
〒553-0001　大阪市福島区海老江5-2-2 大拓ビル5 - 7階
Tel 06（6136）8657　https://fueisha.com/
発売元　　株式会社 星雲社（共同出版社・流通責任出版社）
〒112-0005　東京都文京区水道1-3-30
Tel 03（3868）3275
装　幀　　2DAY
印刷・製本　シナノ印刷株式会社

ISBN978-4-434-33788-8 C0092
乱丁・落丁本は風詠社宛にお送りください。お取り替えいたします。